AF312449

3777

LA HECATOMBE PROPHETIQVE,

OV LES CENT CENTVRIES DE DOM-PEDRO OLOSO,

GENTIL-HOMME VENITIEN, ASTROLOGVE DE LA REPVBLIQVE DE VENIZE.

Où l'on recognoiftra l'heureufe entreprife de Meffieurs les Princes; Et la perte du Cardinal Mazarin.

Prefenté a fon Alteffe Royalle.

A PARIS,

Chez LAVRENS LORMEAV, ruë S. Iacques
à la Croix d'Or, deuant S. Benoift.

M. DC. LII.

***

LA HECATOMBE PROPHETICQVE,

où les cent Centuries de Dom Pedro Oloſo Gentil-homme Venitien, Aſtrologue de la Republique de Venize; Où l'on recognoiſtra l'heureuſe entrepri-ſe de Meſſieurs les Princes, & la perte du Cardinal Mazarin.

Preſenté à ſon Alteſſe Royalle.

Premier Centurie.

DIeu ſeul autheur de l'Vniuers,
Pour vn temps permet la ſouffrance,
Foⁱtuné frappent de reuers,
Pour nous donner congnoiſſance.

II. Centurie.
Malheur à luy qui reuient d'auanture,
Ce ſauuera du danger qui pourra,
Adieu l'honneur adieu la Prelature,
La voûte en terre bien-toſt tombera.

III. Centurie.
Dedans la cinquieſme dixaine,
Lon verra l'amoureux vinqueur,
Remply d'vne flâme diuine,
Requerir la Paix & douceur.

IV. Centurie.

Teste portant voûte d'Hereste,
Sera escrazé par les mains,
De celuy qui fait la conqueste,
De l'heritage des Troyens.

V. Centurie.

Par trop souuent celuy se trompe en luy,
Qui veut iuger l'intention d'autruy,
Et qui ce croit de se faire capable,
Trompé souuent se trouue miserable.

VI. Centurie.

Oüy le cœur courageux & gros de viue au-
dasse,
De luy-mesme sans fer la victoire se trasse,
C'est luy qui tout seul ving & le fer seulement,
Sert a parer aux coups qu'on pousse rudement.

VII. Centurie.

Celuy là n'aura peur de cōmettre tōut vice
Qui ne craint son honneur ny la Iustice,
qui suit ces passions de qui la liberté,
Ne se veut esclairer de l'aste équité.

VIII. Centurie.

Non il n'est rien plus doux que le bien que
l'on fait,
Sans nous couster beaucoup a l'amy plus par-
fait,
Et l'Hospitalité est tousiours agreable,
Puis qu'à l'vn & à l'autre elle se rend fauorable.

IX. Centurie.

Ainſi meurt iuſtement le barbare infidelle,
Qui contra la vertu laſchement ſe rebelle,
Comme fait le coüard qui d'vn courage fier,
Natand pas celuy-la qu'il enuoye deffier.

X. Centurie.

Mars & l'Amour ſemblables de nature,
Courent touſiours vne meſme aduenture,
Sont bien-heureux ores en quelques eſtour,
Ou malheureux aux cours d'vn autre iour.

XI. Centurie.

Non il ne faut iamais quitter ſon aduantage,
Eſpargnant l'ennemi qui deffaut de courage,
Faut pourſuiure la pointe & ne repoſer point,
Qu'on ne l'ait deſarmé & mis au dernier point.

XII. Centurie.

Car la gloire qu'on trouue aux entrailles
  felonnes,
Des mortels ennemis nous vaut milles Cou-
  ronnes
Nous donne milles honneurs dans le beau
  Champs du los,
Que nous allons cueillans au milieu du repos.

XIII. Centurie.

On court apres la mort, mais lors quelle ſe
  tourne,
Deuers les pourſuiuant ſa faſſe les eſtonne,
De ſorte qu'ils s'en vont & ne craignent rien
  tant,

que cét horrible front qu'ils alloient souhait-
tant,

XLIII. *Centurie.*

Ce qui n'est esbranslé des aquillons seuere
Ne le sera iamais des Zephirs debonnaire,
Et le Roc qui resiste aux tonnere du Ciel,
Pourra bien tenir ferme aux feu Materiel.

XV. *Centurie.*

Vn ieune courage imdomptable,
Pour quelque eschet sera surpris,
mais sa passience admirable,
Sur tout emportera le pris.

XVI. *Centurie.*

L'innocence estant reconnuë,
Par la reuolution du temps,
La liberté sera renduë,
A ceux qu'on nommoit malcontemps.

XVII. *Centurie.*

Qui na point en ses faits de fidelle prudence,
Ne peut auoir aussi d'aucun bien l'assistance,
Et qui ne sçait iuger des mal-heur auenir,
Ne pourra d'aucun heur ses iours entretenir.

XVIII. *Centurie.*

Il n'est point de fureur tant soit elle petite,
En ces affections que nos esprits n'agiste,
Et les viues fureurs nous rauissent a nous,
Pour sur nous exercer l'éfort de leurs cou-
roux.

7

XIX. *Centurie.*

Lors que moins on y songera,
Dans la France naistra vn Prince,
Qui de beaucoup resiouyra,
Les subjects de c'este Prouince.

XX. *Centurie.*

Tout acte qui n'est pas garny de la Iustice,
Bien qu'aparant parfait en effet n'est que vice,
Et tout ce qu'on arrasche a laste équité,
Est tout plein de fureur ou plein de cruauté.

XXI. *Centurie.*

Oüy, il faut opposer le pouuoir a la force,
Affin de l'empescher que fierre elle nous force
Le fer combat le fer, & chacun sans mechef
Peut repousser le traict qui dessand sur son
chef. ### XXII. *Centurie.*

Gardez vous bien muttins,
Des grabuges de France,
Puis que leurs bons destins,
Vous promettent souffrance.

XXIII. *Centurie.*

Non nul ne fust iamais & nul n'est pas en-
(cores,
Pareil à *** au bon heur qui l'honores,
Non pas vn ne viura qui luy resemble vn iour
Puis que rien ne resemble a sa gloire & amour,

XXIV. *Centurie.*

Non celuy la assez ne peut estre battu,

De cent calamitez qui combat la vertu,
Qui offenſe l honneur, & luy meſme ce priue,
par ſon cruël peche de ſon amitié riſue.

XXV. *Centurie.*

Puis que tout ſe qui viſt comme ſerf du
      (malheur,
N'en ſçauroit eſviter la picquante douleur,
Faut eſſayer ces feux & courir ſon orage,
Qui ſouuent nous accable en la fleur de noſtre
      aage.   *XXVI. Centurie.*

Ainſi le plus ſouuent la cruelle fineſſe,
Fait plus en ces projeĉts que la viſue proü-
      eſſe,
Et ce braue Heros qui a tout ſurmonté,
Dans vn traiſtre fillet eſt enfin arreſté.

XXVII. Centurie.

Si d'vn cœur genereux la parolle hautaine,
qui s'adreſſe a quelqu'vn eſt vne Loy certaine.
A qui ce ſent loüé de ſa diuine voix,
Acquiers vn riche honneur qui ne mourra
      iamais.

XXVIII. *Centurie.*

Mellieurs eſt le ſecours durant l'extremité,
Que celuy qui nous vient hors la neceſſité,
Plus le peril eſt grand plus riche eſt la Courōne
Et le bien qui nous oſte a ſa rage felonne.

XXVIV. *Centurie.*

Puis que l'amy parfaiĉt eſt vn ſecond nous
      meſme,

Il faut tout esperer de son amour extresme,
S'attendre tout a luy & croire que nostre heur,
Est son bien plus heureux & son plus riche
    honneur.

x x x. Centurie.

Le bon Dieu, le Dieu sainct, le grand Dieu
    de Nature,
A de ses bien aimez tousiours soigneuse cure,
Ne les quitte iamais il rencontre tousiours,
En leurs extremitez propisce son secours.

XXXI. Centurie.

Il n'est point de douceur qui resemble au
    plaisir,
Qu'on a d'auoir a plain le fruit de son desir,
C'est le comble du bien ou nostre esprit aspire,
Et que pour bien parfait nostre vouloir desire.

XXXII. Centurie.

Malhureux en celuy qu'ils conteple l'orage.
Et ne veut l'euiter pour plaire a son courage,
Bien-heureux est celuy qui s'echappe à pro-
Du danger qui vouloit ruiner son repos. (pos,

XXXIII. Centurie.

Tel qui souffre en l'effet du naturel deuoir,
Fidelle & courageux aux hommes se fait voir,
Sa peine a la parfin luy redonde en Couronne,
Et entre mille honneurs le sien diuin fleurône.

XXXIV. Centurie.

Oüy le Peuple ignorant admire l'exellence,
Du fait qu'il ne peut faire en sa foible puissance

S'eſtonne de le voir car diuin le fait voir,
Tout acte qui ſurpaſſe en luy noſtre pouuoir.

X X X V. Centurie.

Comme le fol amour foulle toute Iuſtice,
Et rend ſerues les Loix a ſa fiere malice,
Il ne reſpecte rien que ſa cruelle ardeur, (teur.
Qui le rend bien ſouuent de cent crimes l'hau-

XXXVI. Centurie.

Le mal pourſuit le bien & le bien l'infortune
Selon qu'il plaiſt aux vents de la dame fortune,
Qui legere incertaine & ſans autre arreſté,
Gouuerne tout aux cours de ſa legereté.

XXXVII. Centurie.

Heureuſe mille fois ſe peut proclamer l'ame
Qui parfait ſon deſir hors la frayeur du blame,
Qui n'a point de ſoupſon que le fier déhon-
    neur,
Tache de ſes effets la pudicque candeur.

XXXVIII. Centurie.

Oüy il faut qu'vne force orgueilleuſe en ſa
    force,
Par vn autre pouuoir inſollamment s'efforce,
Et tout ſuiet puiſſant ne change pas de ſort,
Sans ſentir la fureur d'vn eſclatant effort.

XXXIX. Centurie.

Que celuy iuſtement par la peyne periſſe,
Qui auoit contre autruy inuentée en ſon viſſe,
Et que le meſme fer du meſchant ayguiſé,
Perce ſon ſein cruel de fureur attiſé.

X L. *Centurie.*

S'il qui contre quelqu'vn veut ayguiſer ſa
  l'ame,
Iuſtement vn reſſeu, la pointe qui l'entame,
Car iuſte eſt le tourment contre autruy pour
  penſé,
Qui nous eſt ſur le chef par autruy relanſé.

X L I. *Centurie.*

Non les ames qu'amour à fermement liez,
Ne peuuent iamais eſtre au monde deſliez,
Il y viuent contents aux fruits de leurs enuie,
Ou d'vn meſme vouloir ils ſortent de la vie.

X L II. *Centurie.*

Son malheur auſſi fait que ceſte loy diuine,
N'a iamais abſenté ſa fatalle ruyne,
Il l'a touſiours ſuyuie & ce l'angoureux ſort,
Ne doit comme ie croy le quitter qu'à la mort.

X L III. *Centurie.*

Oüy la neceſſité nous ouure le courage,
A porter conſtemment le ſuruenu dommage,
Et la prudence agiſt aux deffaux du pouuoir,
A fin de receuoir les cents en leurs deuoir.

XLIV. *Centurie.*

L'on voit le plus ſouuent vne cauſe petite,
A lumer vn grand feu que la fureur excide,
Car le courage ardent ſemeut a peu de vent,
Et le mortel peril il meſpriſe ſouuent.

X L V. *Centurie.*

On blaſme le vaincu a faute de promeſſe,

Et non celuy qui l'eſt par iniuſte fineſſe,
Car l'honneur ſeullement ſuit la propre vertu,
Non la deſloyauté qui l'aſche a combatu.

XLVI. Centurie.

Le grand Dieu qui maintient la Iuſtice Di-
Empeſche les effets de ſa paſle ruyne,   (uine,
Retient la main du traiſtre & eſmouce ſon fer,
Ce faiſant bien ſouuent deualler en enfer.

XLVII. Centurie.

Les Agneaux tendrelets viuent en aſſeurāce,
Voyant mourir les loups dans les peynes &
    ſouffrance,
Et la Caille repoſe aux furieux combat,
Des çoqs qu'ils l'ont battuë & fait ſon eſbat.

XLVIII. Centurie.

L'heure diuerſe fois finiſſoit ſon deſir,
Et de contraire faits il formoit ſon plaiſir,
maisDieu briſe touſiours du feu de ſa tempeſte,
Le deſſein qui n'eſt iuſte ny ſaintement hōneſte.

XLIX. Centurie.

Meurent donc iuſtemēt au fort de leurs malice
Ceux qu'ils veuille meurdrir l'innocent par
    leurs vice,
Et que leurs propre fer contre iceux ayguiſé,
De frapper leurs poitrine ores paroiſſe vzé.

L. Centurie.

Oüy le commencément d'vn ouurage entre-
    pris,
Selon noſtre deſir reſioüys nos eſprits,

Les

Les affure à la fin qui foutient d'ordinaire,
Suit le cõmencemeit ou mauuais ou profpere.

L I. *Centurie.*

C'eft nolife d'vn ame ou folle ou mal aprife,
Delaiffer imparfaite vne chafe emtreprife,
La fin eft plus loüable encor que fans heur,
Que fon departement pour eftre fans honneur.

L I I. *Centurie.*

Non de deux biens egaux on ne fçait lequel
    prendre,
Et de deux maux pareils vers lequel fe deffëdre
On refte irefolu & celuy n'a repos,
Qui n'a rien d'arefté en faits, & en propos.

L I I I. *Centurie.*

Toute chofe ce fait encore que dificille,
Par laide du Confeil falutaire & vtille,
Et rien n'eft differé qui refoit la raifon,
Pour eftre de fon mal l'heureufe guarifon.

L I V. *Centurie.*

La pluye & efclaire vif font tefmoings des
    tempeftes,
Qui roüllent fierement fur nos coupable teftes
Et les pleurs & les cris content pareillement,
Les ardeurs qui ont vie en noftre afpre tour-
    ment.

L V. *Centurie.*

Non il n'eft point de mal plus ferf du vitu-
    pere,
Que celuy qui par nous paroift à la lumiere,

Et deceller son crime est de sa propre main,
Se liurer au mespris & au blasme inhumain.

LVI. Centurie.

Car nul ne peut marcher és voyes de iustice
Qui porte sur son front escritte sa malice,
Dautant que ceste Dame en punit le forfait,
Et ne veut rien souffrir qui ne soit tout parfait.

LVII. Centurie.

Oüy vn chacun se croit de luy-mesme si sage,
Que na besoing d'autruy d'auis ny de langages
Pour faire ce quel veut & quel repensse en soy,
Conforme au iustes vueil de lequitable loy.

LVIII. Centurie.

Celuy la meurt cent fois veuf d'honneur &
 de ioye,
Qui ne vit que pour estre à la douleur en proye,
Car la mort n'est point mort ains la vesue dou-
 leur,   (cœur.
Qui plus fort que la mort, poinçonne nostre

LIX. Centurie.

L'on se rid fort de ceux qui faute de prudense
Ce qu'il ont entrepris, ne mettent en éuidense,
Qui demeure sans cœur a poursuiure l'effait,
qu'ils auoient entrepris pour le rendre parfait.

L X. Centurie

Quiconque se resout de courir à la Parque,
N'a plus soucy du mal qui en viuant l'ataque,
Il ne songe qu'à l'heur qu'il esperent trouuer
En ce remede heureux qui desire esprouuer.

11

LXI. *Centurie.*

Comme vn defefperé ne fent pas autre bien
Que viure fans attente & n'efperent plus rien,
Comme il va que fe foit à conduire fa vie,
En luy tout feul auffi fon attente eft rauie.

LXII. *Centurie.*

S'il veut paruenir aux fins de fon courage,
Ne doit rien efpargner de propre à fon ou-
          urage,
Il faut tout employer car fouuent par hazard,
L'on trouue le remede bienplutoft que par l'art.

LXXIII. *Centurie.*

L'on ne peut pas crier aux chemin dépan-
          denfe,
Qui chaffe noftre mal & noftre bien aduanfe,
Le Confeil eft fouuent autheur de riche bien,
Qui nous arriue alors que nous n'efperons rien.

LXIV. *Centurie.*

Ouy, l'eftat des grands, & leurs gloires Eter-
          nelles,   (fidelles
Se maintiennent en bon-heur par leurs fubjets
Viuent en leurs vigueur & le Prince plus fort
Tire de fes fujets fon affuré fupport.

LXV. *Centurie.*

Si le double mal-heur doublement nous ou-
          trage,   (ge
Vn double coup du Ciel double noftre dóma-
Mais ces doubles mefchefs qui nous vont pour-
          fuiuant

A nous faire perir s'entrenuisent souuent.

LXVI. Centurie.

Non en amour rien n'est si necessaire,
Que sçauoir bien desguiser & se taire,
Qui n'a ces deux pour aydesien son fait:
Ne peut auoir aucun plaisir parfaict.

LXVII. Centurie.

Les plus grands ennemis font la grande Victoire
Et qui vinc peu de cas Remporte peu de Gloire,
La celebre vertu qui visue ce fait voir,
Aux dificilles faits exerce son pouuoir.

LXVIII. Centurie.

Bien plus douceest la mort qui tuë nostre peine
Que la vie animée à la mortelle hayne,
Et qui vis pour mourir au fort de la douleur,
Est cruel meurtrier de son heureux bon heur.

LXIX. Centurie.

O tres-heureux Combat dont la belle Vi-
Ioyent à lutilité la desirable Gloire,   (ctoire
Qui côtents nous fait estre au feste de bonheur
Amassant cherement c'est hônorable honneur.

LXX. Centurie.

Quand nostre esprit conduit du flambeau de
    l'Amour,
Court vers la chose aymée & la nuict & le iour
Ne cherche que le bien comme fait hors d'ha-
    laine,
Le Cerf chassé des chiens l'agreable Fontaine.

LXXI. *Centurie.*

Comme l'extremité apparoiſt furieuſe,
Où ſaoülle l: plaiſir viuement amoureuſe,
Il n'eſt point de milieu en la neceſſité,
Et la force forcée oſte la liberté.

LXXII. *Centurie.*

Si la grandeur du cœur du vaillant & du ſage,
Parfait ſon action en celle du naufrage,
La valleur ne reluit qu'en l'obſcur tenebreux,
Du danger qui paroiſt effroyable à nos yeux.

LXXIII. *Centurie.*

Toute loüange doit pour ſe eſtre priſée,
Qui ſort d'vne ame iuſte, & d'hōneur embràſée
Qui cognoiſt le merite, & ne le chante pas,
Pour aucun riche bien qui demande icy bas.

LXXI . *Centurie.*

Le ſeul temperemment de deux choſes con-
traires,
Eſt heureux aux mortels, & ces faits neceſſaires
Comme on ſent la douleur que pour courtoiſe
il faut,
De l'haleyne de l'air qui n'eſt ny froid ny chaut.

LXXV. *Centurie.*

Les eſprits ne ſont faits que pour eſtre agi-
ſtez,
De milles vains deſirs & vaiſnes volontez,
Et comme ils ſont diuins diuins auſſi leurs reſte
Les diuers mouuements qui ſans fin les mo-
leſte.

E

LXXVI. *Centurie.*

Non celuy nerre point qui en son entreprise,
Le seulle verité pour sa conduitte a prise,
Et qui voit deuant luy aux rayons du Soleil,
Ne peut broncher du pied encontre quelques
    escüeil.

LXXVII. *Centurie.*

Vn homme resolu est tousiours miserable,
Car la diuersité de ses projets l'accable,
Et qui d'vn droit chemin son voyage ne fait,
Et change de santiers à peines le parfait.

LXXVIII. *Centurie*

Si l'homme na plus rien qui le fasse paroistre
Sans la vertu pour guyde & l'honneur pour son
    maistre,
Dautant que de ces deux salume le flambeau,
Qui de l'homme honore les iours & le tom-
    beau.

LXXIX. *Centurie.*

Oüy celuy meurt heureux qui par la mort
    contente,
Et son ardente amour & sa vertu luysante,
Et le tôbeau qu'amour & l'honneur ont parfait,
Ne peut estre du temps iniurieux d'effait.

LXXX. *Centurie.*

Si de trois ennemis vn tout seul combatu,
Suscombe bien souuent de force & de vertu,
Et deux chaisnes pousez sur vn qui les voysine,
Le renuersent aussi & cause sa ruyne.

LXXXI. *Centurie.*

Oüy l'autheur du forfait en merite la peine,
Non celuy qui ne veut que la rendre plus vaine
Et qui deffend autruy pour ce bien ne doit pas,
Participer au fort de son iuste trepas.

LXXXII. *Centurie.*

Non l'on ne doit iamais faire reffus de l'aide
De ce qui peut donner a nos trauaux remede,
Faut prendre le secours qui se presente doux,
Qui ne s'esloigne apres trop promptement de
nous.   LXXXIII. *Centurie.*

Cruëlle destinée quelle fierre semonce,
Puis que sans nul espoir estoit c'este responce,
Dieu qui resoit aduis contraire a son desir,
Resoit l'esloingnemēt de son plus doux plaisir.

LXXXIV. *Centurie.*

Ce qui nous est vtille & necessaire,
Nous semble il bien qu'aux loix aduersaire,
Car chacun veut imposer a par soy,
A tous effets sa volonté pour loy.

LXXXV. *Centurie.*

Tout comme sont diuers les effets de nature,
Diuersement aussi leurs bien fait on procure,
Diuers honneurs nous font diuersement cherir
Et diuerses douleurs cruellement mourir.

LXXXVI. *Centurie.*

L'on trompe aysement celuy la qui se lie,
A la palle trahyson & point ne se deffie,

Puis que la deffiance eſt l'aſſuré ſuport,
De nos iours de nos ans contre la fiere mort.

LXXXVII. Centurie.

Oüy les infortunez cherchent a leurs miſere
Affin de l'endormir quelque bois ſolitaire,
Quelque triſte deſert pour n'eſtre point tirez,
Du penſer des trauaux dont ils ſont martirez.

LXXXVIII. Centurie.

Non bien ſouuent la voix n'eſt aux deſir s'em-
blable,
Et le front paroiſtre quay dont l'ame eſt miſe-
rable,
L'eſcorce ne reſemble a la douleur du fruit,
Que ſe Soleil dans elle heureuſement a cuit.

LXXXIX. Centurie.

Miſerable qui vit & qui viuant n'eſpere,
Que la mort pour tuer ſa cruëlle miſere,
Miſerable qui vit combatant iour & nuit,
L'immortel douleur qui touſiours le pourſuit.

LXXXXX. Centurie.

Auſſi le plus ſouuent au cours de noſtre vie,
Indignes de tous biens nous rend noſtre folye,
Amenent ſur nos chefs le celeſte couroux,
De tous les ſouuerains indignez contre nous.

LXXXXI. Centurie.

Les reſolus au mal ne demande perſonne,
Qui de penſer au mal promptement les de-
tourne,

Ils

Ils veuillent feuls fi rendre & les infortunez,
Veuillent viure en malheur comme mal ils font
nez.

LXXXXII. *Centurie.*

Oüy il faut quelque fois difimuler de forte,
Qu'on n'apperfoiuent pas l'horreur qui nous
tranfporte,
Faut couurir fon forfait finon de paffion,
Paroiftre aux mortels tout autre d'action.

LXXXXIII. *Centurie.*

Tout eft fuiet à la mort toute douleur mor-
telle,
Bien que fiere en rigueur fe termine par elle,
Et hors de fentiment de nos humains trauaux,
Sont les corps enchaffez aux funeftes tom-
beaux.

LXXXXIV. *Centurie.*

En vain celuy va contre le deftin,
Qui dit de l'vn voulant faire de l'autre,
En vain fait il le mefchant & mutin,
On le connoift pour vn treifiefme Apoftre.

LXXXXV. *Centurie.*

Quand l'on contera foixante & vnze & trois,
Vn cas fubtil l'on verra admirable,
D'vn fauory vn grand Roy fera choix,
En l'efleuant aux charges honorable.

LXXXXVI. *Centurie.*

De peu parler quelques fois il eft temps,
Car trop parler fouuent porte nuiffance,

Pour ſe ſubjet quelque vns malcontants,
Se pourront voir dans la peine & ſouffrance.

LXXXXVII. *Centurie.*

La fortune les armes & le jeu,
L'inconſtance & la faueur petite,
Se rencontrants enſemble en vn lieu,
Pourront joüer au double ou au quitte.

LXXXXVIII. *Centurie.*

Vn fatigué voulant prendre repos,
Et raconter ſes vaillantes & proüeſſe,
Eſt menaſſé d'aller voir a tropos,
Par le poiſon aux fierre hardieſſe.

LXXXXIX. *Centurie.*

Quinze & vnze enſemble jointe a deux,
Mars & Venus feront ſurpris enſemble,
Leurs partie finie & leurs jeux,
L'on pourra voir & leurs couroux qui tremble.

C. *Centurie.*

Par trop bouffi il vouloit menaſſer,
Ceſt innoçant ſans aucune malice,
Ne croyant pas que Dieu peut terraſſer,
Les incenſſez qui vſe d'artifice.

F I N.

9 782014 042160